KB044866

문학과지성 시인선 263

풀나라

박태일 시집

문학과지성사에서 펴낸 박태일의 시집

그리운 주막(1984)
가을 악견산(1989)
약쑥 개쑥(1995)

문학과지성 시인선 263
풀나라

초판 1쇄 발행 2002년 6월 3일
초판 3쇄 발행 2008년 5월 21일

지 은 이 박태일
펴 낸 이 채호기
펴 낸 곳 ㈜문학과지성사

등록번호 제10-918호(1993. 12. 16)
주   소 121-840 서울 마포구 서교동 395-2
전   화 02)338-7224
팩   스 02)323-4180(편집) 02)338-7221(영업)
전자우편 moonji@moonji.com
홈페이지 www.moonji.com

ⓒ 박태일, 2002. Printed in Seoul, Korea

ISBN 89-320-1338-1

문학과지성 시인선 263

풀나라

박태일

2002

시인의 말

  잘 익은 김치밥국처럼 식었던 땅거
죽이 멀리서 끓어오른다. 따뜻하다.
이 국을 죄 마시고 나면 끝내 남을 그
리움이 없으리라는 사실에 나는 두렵
다. 두어 편이라도 제 길을 걷는 시가
있었으면 좋겠다.

2002년 5월
박태일

풀나라

차례

▨ 시인의 말

제1부

봄맞이꽃

신중 누이 보아
지장지장 비로자나 죄 몰라도
내 몸 한 법당 되어
절집 되어
품어 재우리니
업어 재우리니

팔공산 백흥암
다듬돌 안고 조는 괭이와
옴실봉실
봄맞이꽃.

탑리 아침

송아지가 뜯다 만 매지구름도 있다
소시장 지나 회다리 건너
첫 기차는 들을 질러 북으로 가고
마지막 배웅은 산수유 노란 꽃가지 차지다
탑리는

다섯 층 돌탑 마을
조문조문
문짝 떨어진 감실 안에서
태어나지 않은 탑리 아이들 경 읽는 소리를
귀 세워 듣고 있는
저 금성산.

솔섬

갯쑥이 웃자란 모래 두둑을 따라
길은 산뿌리까지 가서 끝을 둘로 갈랐다
말뚱게 구멍이 머금은 건 날물인가
굴 껍질에 올라앉은 볕살이 희다

보리누름 자란바다 감성이 들고

푸른빛 단청 하늘엔
상날상날 배추나비

배 끊긴 솔섬에선
때 아닌 울닭 소리.

불영사 가는 길

구름 보내고 돌아선 골짝
둘러 가는 길 쉬어 가는 길
밤자갈 하나에도 걸음이 처져
넘어진 등걸에 마음 자주 주었다
세상살이 사납다 불영 골짝 기어들어
산다화 속속닢 힐금거리며
바람 잔걸음 물낯을 건너는 소리
빙빙 된여울에 무릎 함께 적셨다
죽고 사는 인연법은 내 몰라도
몸이야 버리면 다시 못 볼 닫집
욕되지 않을 그리움은 남는 법이어서
하얀 감자꽃은 비구니 등줄기처럼 시리고
세상 많은 절집 소리 그 가운데
불영사 마당 늦은 독경 이제
몸 공부 마음 공부 다 내려놓은 부처님은
발등에 묻은 불영지 물기를 닦으시는데
지난달 오늘은 부처님 오셨던 날
불영사 감자밭 고랑에 물끄러미 서서
서쪽 서쪽 왕생길 홀로 보다가
노을에 올라선 부처님 나라

새로 지은 불영사 길
다시 떠난다.

어머니와 순애

어머니 눈가를 비비시더니
아침부터 저녁까지 비비시더니
어린 순애 떠나는 버스 밑에서도
잘 가라 손 저어 말씀하시고
눈 붉혀 조심해라 이어시더니
사람 많은 출차대 차마 마음 누르지 못해
내려보고 올려보시더니 어머니
털옷에 묻는 겨울바람도 어머니 비비시더니
마산 댓거리 바다 정류장
뒷걸음질 버스도 부르르 떨더니
버스 안에서 눈을 비비던 순애
어디로 떠난다는 것인가 울산
방어진 어느 구들 낮은 주소일까
설문은 화장기에 아침을 속삭이는 입김
어머니 눈 비비며 돌아서시더니
딸그락그락 설거지 소리로 돌아서
어머니 그렇게 늙으시더니
고향집 골짝에 봄까지 남아
밤새 장독간을 서성이던
눈바람 바람.

우포

타고 목포 걸어 우포
사람들은 우포를 이미 잊었다
죄 떠난 탓이다 부산에서
간이 망가져 들어온 중늙은이
옴마니반메훔 옴마니반메훔
진언만 넘나드는 신반댁 할머님
한 등성이 사이로 저녁 불빛을 나눈다
집 건너 집이 한때 반백을 넘고
대사며 장날엔 한 차로도 모자랐는데
장타령으로 즐겁던 이방 양반도
이방장도 묻혔다 그쳤다
자운영 붉은 꽃빛은 언덕까지 치벋고
아카시아 내린 무덤들은 벌써
아래위 뗏밥 서로 뒤섞는다
타고 목포 걸어 우포
우포에 우포 사람 없고
움머움머 황소개구리만
봄밤 지샌다
봄밤 운다.

무척산

1

한 굽이 돌멩이 굴리고
또 한 굽이 톡톡 밤송이 찬다
외로 돋은 멧발 무척산 꼭대기
하늘로 오르다 머문 천지 물이 어슬어슬 찬데
잉어들은 천수경도 치는지
붉은 머리 억새로 짐작하는 통천사
옛 절터 나직한 예불 소리

십 리 바깥까지 뒤따라와
낙동강 맨살에 슬쩍슬쩍 끼어드는.

2

언젠가 지나본 길인데
생각나지 않는다
바람이 품은 비린 구름
어지러운 듯 길은 더욱 굽어들고
참새떼가 몰고 다니는 빈집 둘 셋
삶이란 마냥 처진 전깃줄 같아
문득 참을 수 없다

씀바귀 쓸개 잎은 쿨럭쿨럭
노란 꽃술을 뱉고
마을 지나 솔숲까지
다시 곰곰 따져두어야 할 일
투다닥 떨어지는
굵은 여우비.

3
무척산도 모은암에 오를 양이면 말동냥을 해야 한다
폿돌은 쓸모없다 구름 낀 멧줄기 아가시나무 둘렀다 하
얀 꽃타래 매단 채 암내를 퍼질러놓는 아가시 아랫마을
소는 윗마을 소를 만나 우물우물 콧김 나눈다 사람 닮
았다

산문도 누문도 없어 오르는 재미는 덜하지만 요사채
섬돌에는 천 년을 피어 마른 연꽃도 있다 법당 뒤꼍 하
관 빤 돌미륵 말년 운수가 어지럽겠다 그래도 사람들은
세상 모를 영검 많아 남들 운수는 잘 바꿀 수 있으리라
믿는다

가까운 데 먼 데 사람 다 기웃거린다 날밤 기도 온 할
머님 비녀 단장도 새첩다 저 저녁 햇살 치맛자락처럼
부푼 하남 들 울렁울렁 기어내리는 낙동강 물길도 곱다
왼쪽왼쪽 오른쪽 노란 밀화부리 귀 바꾸며 수선 떤다
무척산.

4

모은암 뒤란 고욤나무 밑동
공양주 오금댁 오줌을 눈다

오래 약 되고 밥 되라고
귀히 암내라도 맡아두라고

어정 어정칠월 손자 불알처럼
매달린 파르란 고욤

심심한 절 마당 굴러다닌다
시님 시님 말동무한다.

인각사

인각사 아침 법문은
버꾸기 뻐꾹 제 전생 얘기
소복 단장 나비는 기왓골만 남실거리고

비 실러 가나
말간 물밥 저 구름.

양산천

쓰레기 태우는 연기가 하늘 이저곳을 그을린다 내버
린 상갓집 이부자리 같다 가라앉은 암갈색 바닥 그물에
얽혀 뜬 왜가리는 죽어서도 한뎃잠이다 폴리스티렌 하
얀 꽃을 둘렀다 둑길 따라 한 떼의 아이들 저녁 햇살 속
으로 건너선 뒤 울먹울먹 움파리 갈대 한 가족 털장갑
손 호호 봄 온다는 남쪽으로 길을 잡는다.

장륙사 지나며

영해 들에서부터 창수로 꺾어 기웃거리다
지나치고 되오다 다시 지나치면
햇살은 돌길 좇고 돌길은 골짝 좇아
키버들 가지도 우정 어깨를 잡는데

하늘 비고 마당 비어 저녁머리 장륙사는
암미기미기 암미기미기야야* 댕댕
은어 뱃바닥 얼음장이 개울돌 안아 올려
늘좋이는 탑 자리 더 앉히라는가

찬비 쓰라린 날마다
대자대비 관세음 맨발 오르실 다락.

* 산왕경(山王經) 시식주(施食呪)에서.

꽃마중

공산도 팔공산 봄나들이는
환성사 부도밭 돌부처님 구경
문중도 끊기고 공부도 약하신지
목부터 위론 날짐승 떼 주고
배꼽 더 아랜 길짐승 따 주고
연노랑 진진분홍 연등으로 벅신거리던
사월도 초파일 다 지났는데도
시주 보살네들 육보 공양이 없었던지
보름보름 보름밤에 잠 없이 깨어
별 하나 깜박 눈물을 닦고
별 둘 깜박 부레 끓이며
길 바쁜 나더러 꽃가지 마중

모과꽃은 자라좆 사과꽃은 물좆
산 아래까지 쫓아와 꽃가지 마중.

천은사

골짝물 얼고 시주 보살 끊기고
수홍루 회승당

짝신 신은 사미마냥
계단계단 올라서는 절집 그림자
극락보전 추녀마루 너머
휑하니 노고단 길 뚫렸으니
올 겨울도 턱받인가

아미타불

내일 아침 또
책상 물린 신중들
헐떡벌떡 구례 장터로 내려가
초발심 몸과 마음
마냥 버리겠고.

가을

낮잠 많은 고양이
은빛 먹이 양푼이엔
볕살이 가득

모과 둘 투둑 굴러내린 덴
장독인가 고방인가
마당쥐 시궁쥐가 서로 묻는다.

제2부

정월

햇살은 닥나무 가지에 앉아
졸음을 나눈다 줄지어
오는 바람에 고드름빛 하늘을 짐작하고
바퀴 없이 뒤집혀진 경운기와
뽑다 만 배추들이 비닐을 감은 채
저녁 연기 깔리는 들판을 본다
무덤이 뽑혀 나간 붉은 구덩이가 셋
여름 떠내려간 강가에 반쯤 묻힌 속옷이 누렇다
비리다 굽이굽이 배곯은 저 창자의 길

철 보아 동무 함께 다닐 일이지
동고비 추윗추윗 해 떨어지면
홀로 슬프다 춥다
춥다.

빗방울을 훑다

그녀 웃자 그녀 쪽 유리잔이 떨렸다
그녀 고개 들자 내 잔 속 물이 떨었다
그녀와 나는 남남으로 만났고
그녀와 나는 남남으로 남는다
낮 두시 찻집 베트남
그녀와 나는 할 말이 없다
창밖 인조 대숲에선 빗발이 글썽거리고
그녀 낮은 콧등처럼
그녀 외로움도 저랬을까
그녀를 두고 간 옛 남자의 반지 자국이
그녀 짧은 손가락 마디를 기어 나와
바깥 창 빗방울 잠시 훑는다.

마네킹의 방학

지난 장마에 속속들이 젖었어도
부끄러움은 안다 그녀
놓아 학교 담장에 붙어 서서
회칠 아랫도릴 말린다
은행나무 골목골목으로
참매미 울음 옮기는 방학날
운동장 모서리가 지끈둥 햇살에 내려앉고
그녀 또한 휘청거렸다
일어선다
마네킹 마네킹 여자는
성기 쪽이 어둡고 밋밋하다

황덕도

섬에서 다시 섬으로 내려서자
갯강구들은 제풀에 흩어진다
달랑게 한 마리 뒤로 주춤 옆으로
돌담 사이로 주춤 길을 잡는다 문 닫은
황덕국교 마당까지 파도가 계단을 이루었다
팔손이나무 잎차례는 이 고요
어두운 어디쯤서 건진 두레박일까
멀리 지나던 배도 사람도 왕소금을 쓴 듯 따가운데
물 위로 난 길 갈지자 구름이 문득
걸음 헛디디다 바로 선다
차라리 하늘을 가두리로 삼아
내외할 것도 없이 깨벗은 황덕도
마른 불가사리 굴쩍 더미로 풀칠한 골목
기울어진 삽짝문을 바깥에서 잠근 채
다시 섬으로 나가는 뱃머리
두 물째 놓친 갈매기 사공이 길을 묻는다
너 어찌 갈래?
이 섬에서 다른 섬으로
이 삶에서 다른 삶으로.

신호리 겨울

여드레 조금엔 왕모래도 횟횟 날개를 단다
눈바람에 갯바람 밀려든 숭어 망둥어 물길로
햇살은 수척한 발목을 녹이며 가라앉고
밤공기 여직 남은 갯벌 쪽에서는 김 양식 푯대가
뜬 그물을 친다 바람막이 솔숲과 대숲이 내외하며
허물어진 모래 둑 너머까지 조분조분 올라섰다
개 없는 개 사육장 밭뙈기째 마른 대파
아이 끊긴 폐교의 지붕이 빨갛다 녹산공단 멀리
에돌아든 곳 시멘트 담장 사금파리 유리 조각에
지난날 손자국만 손을 대면 희미하게 반짝인다
부서진다 질척한 골목 덮개 친 새마을 우물
콜타르 검은 연기가 가리키는 선창 막바지까지
떼 지어 농병아리 내리고 수전증의 갈대밭을 낀 채
재첩배는 그쳤다 바닷물과 민물이 겹겹 얼부푼
신호리 겨울 누렁이 물고 간 길 한끝에는
포르말린 뿌린 무덤 누렇게 배곯은 해도 있다.

적교에서

새벽에 떠나 느지막이 닿는다 적교
산과 산 사이 송신탑이 더위를 나르고
무릎치 검은 개가 구름 폐차장 쪽을
짖는다 바람마다 올랐다 내렸다
배롱꽃 허파꽈리는 납덩이다
사람 끊긴 장터 이남횟집
수족관은 흰 나팔꽃 차지다
낙동강도 읍내 버스가 떠나면
마을 밖으로 귀를 옮긴다
쇠뜨기 불처럼 일어선 논길
머슴살이 나온 듯 들벌레 윙윙거리고
벼포기 벼벼벼벼 속삭인다
발바닥 서로 간질이며 비비비
봇도랑물 흘러간다 슬레이트 축사
햇살 바른 어느 굽이에서 밀려왔는지
산뽕나무 한 가족 이른 저녁밥상을 받고
노란 종이등 손에 든 달개비 이웃도 있다
풀비 먹은 삼베 눅눅한 모랫길
옥수수밭은 넓고 길고 슬프게 멀리
물아래 애막의 어린 딸이

막걸리 주전자를 흔들며 온다
두드린다
장마 오겠다.

후리포

옆줄이 길다 곱다 농어
아가미로 드나들던 밤은 지치고
지금부터 파도 소리 설레는 아침 물때다

외로움에도 옆줄이 있어
열 다리 오징어와 여덟 다리 문어가
한 수족관에 갇힌 일을 혼자 웃는다

바다 밑 여울이 산갈치를 보여줄지
청어떼를 불러 세울지는 잊기로 한다
젊어 떠돌았던 포구 이름도

숨 가쁜 삼팔따라지 구석 살림마다
물기 도는 즐거움 하 드물었던 아내

허허바다 멀리 마름질한 위로
치렁출렁 오늘은 비
북쪽 머리 제비갈매기가 앞일 묻는다.

내소사

전나무 층층나무 꽝꽝나무가 길을 낸다
하늘로 오르는 길 제 밖으로 나선 길

어느 길은 산마루에 절집 한 채 앉혔다
내소사 대웅보전 꽃살문이다

목향 냄새 환한 골짝이 열렸다 닫힌다
백의관음 오래 잊었던 눈물이다

부안 곰소 갯벌 수미단은 무슨 장엄이어서
가까운 섬 먼 섬 그리 반짝였던가

야단법석 누비질 구름도 저문 하늘가
아미타 아미타 대웅보전으로 드는 고기떼

백의관음 다시 낭떠러지다 밤이다
고요히 기왓골 밟는 옷자락 소리.

앵두의 이름

이옥기야요 연안 이가 황해도 연백에서 피란 왔지요 여기 와서 기옥이라 올렸지만 호적 이름은 옥기 일흔둘이야요 연백군에서만 팔천 명 배 타고 내려올 때 딸 하나 데리고 여수에 내렸지요 내려와서 아들딸 다섯 둔 홀아비와 등 대고 살려고 그런데 꼬박 오 년을 살고 그 사람이 새 여자를 보아 그저 쫓겨났단 얘기지요 시방 이 마을 저 아래 같이 살고 있어 그 이야긴 더 할 건 없고 아까 뭐 물어본 것 그래 업은 남쪽에선 모시지 않아요

천룡도 모시지 않아요 아 천령이 아니고 남쪽 내려와서 보니까 그래 북쪽에서는 장꼬방에 천룡을 모시고 측간에 측신도 모시고 그래 딸은 지금 부산에 살고 내 살림이나 지 살림이나 이 모양이니 아룻목으로 앉아요 아까 말했던 보심록*이라고 선한 일을 베풀면 꼭 선한 일이 되돌아온다고 이때꺼정 이 책대로만 살려고 선한 일을 베풀면 그만큼 돌아온다고 내가 박복해도 신기가 있고 그러하지는 않아요 그런데 부기는 해보아서 아는데

잘 돌아가신 사람은 아니고 이 일은 모두 안사람이 하는데 원한이 있게 세상을 버리면 며느리가 시어머니에

게 하는데 윗대 오대까지 하는데 치마저고리 동고리에
잘 넣어두고 명절 때나 집안 우환 있을 때 제를 모시는
데 무당을 부르기도 하는데 남쪽에는 그런 것 없지 내가
모셔봐서 아는데 안방 시렁을 만들어 얹어두고 부기라
부기 요새 사람 모르지요 부기 더 있다 가도 좋고 안 그
래도 올라올라고 했는데 노인정에서 그만 놀고

　이제 집에 있을 생각이니 오래 놀다 가도 좋고 담부락
앵두는 다 따도 좋고 물이 넘치지는 않아요 배도라져 있
어도 축대까지 물 담근 적은 없어 딸이 볼 턱도 없고 내
가 이 책을 줄 테니 꼭 읽어보고 공부에 쓸 일이 있으면
쓰고 다 쓰고 난 뒤 돌려줘도 좋고 이옥기야요 내 남선
와서 이기옥이라 하지만 이산 가족 찾기 할 때면 꼭 이
옥기라 적어낼 생각인데 하동읍 흥룡 89번지 옛적에는
흑룡이라 쓰기도 했다지만서도 이옥기야요 옥기.

　　* 『報心錄』: 딱지본 소설.

39

용전 사깃골

용전 사깃골은 그릇을 굽던 곳 비늘구름 사금파리 켜
켜로 숨긴 그곳을 처음 밟았던 어느 봄날 봄물이 녹았다
얼었다 겨우내 지친 흙밭 부드럽게 어루만지며 으쓱으
쓱 흘러내리는 일이 고마웠는데 용전 사깃골은 멧줄기
빠르게 내려서다 다시 깍지손한 아이마냥 다소곳이 올
라앉은 마을이라 바람도 따시하게 계신 분들 말씨 또한
경우가 밝았으니 어찌 삼가함이 없을까 보냐 조심조심
들어서는데 지지 주지주지 제비가 지끼는 소리는 무슨
쇠끝으로 하늘을 긋는 듯해서 마을엔 알 수 없을 사나운
시름이 숨겨지긴 숨겨진 까닭이리라 생각도 넣어보고,

두어 시간 가마터를 돌며 봉숭아 꽃밭에 취한 진드기
마냥 잘 익은 귀얄 무늬 대접에 종지에 생각하다 고르다
발걸음 곰곰이 겉멋이 들기도 하는데 또 한 등성이 더
올라 사람 드문 돌밭 아래 참한 두릅나무 두 그루와 그
둘레 옻나무 남매를 생각하면 수루루루 날아가는 화살
마냥 마음 갑자기 바빠지곤 하는데 어느 눈 밝은 마을
분이 올해도 그 멧두릅 연한 나물로 부산에서 공부하고
있을 딸 아들 찬 속도 다스리고 밀양 장날에는 심심찮이
지전도 얼마간 쥐어보기는 쥐어보도록 빌어보는 것인데

우시장 나선 친정 오라버니 소식도 얻을 것인데,

거기서 걸음 뺏기지 않고 산 말랑이를 아주 깜박 넘어서면 잉어 준치 황어에 비늘 없는 메기 장어 낙동강 비린 고기들이 마냥 부처로 살 수 있으리라 두 천 년도 넘게 왁자지껄 떼 지어 올라와 바위 속 고기집을 꾸민 자성산 만어사가 있는데 그 가운데서 뒤꼭지 의뭉스런 쥐털수염 미륵바위가 불콰해진 얼굴로 물이끼 비치는 햇살 발치에 무당개고리 한 마리 볼곰볼곰 기어다니는 일을 내려다보는 그런 그림이 없다손 쳐도 용전은 따스한 곳이어서 불기운 오래 쐰 마을 내림이 있어 그런지 어느 봄보다 먼저 배꽃이 피고 보름달 둥 덩실 함부레 깃들어,

용전 사깃골은 또 어느 해 고서방 목록에서 얼핏 만났다 놓쳤던 『용전유고』란 책 이름과 이웃인데 『용전유고』란 합천 벽한정에 옆가지 할아버지 문집인데 그래서 용전은 한 번 더 잃어버린 마을이 된 셈인데 용전이란 신심 깊은 이들이 안개 다북 낀 날 용왕 물밥 먹이던 외진 약우물이 있어 그리 불렸던 일인지는 알 수 없으되 모름

지기 그릇 굽는 데에는 땔감에 좋은 물이 있어야 되는 이치라 용왕 섬기는 일과 썩 멀지 않으리라고 마을에는 구름 모양 낙동강 큰 줄기 구부구부 휘감았을 용왕이 가끔 오르시어 머무는 찬 샘이 있었을 거라며 웃어보는데 훗훗,

그 뒤에도 훗훗 자주 용전 사깃골 무너진 가마터 명태 껍질같이 불기 먹은 흙을 떠올리고 분청 귀얄 무늬 허연 잿물 빗질 소리를 듣는 것인데 그 옆으로 몇 해 전부터 섞여 내린다는 염소 누린내에 젖소 누렁내로 간물 밴 물길에 또 윗골에 가두어놓은 개들이 여름을 바라고 희번득 헐떡 내지르는 울음소리를 생각하는 것인데 용전 사깃골은 오래 사람 기운을 받지 못한 방구들 습한 기운에다 죽은 지렁장 냄새를 섞어 맡는 듯이 갑갑해지는 것인데 용전 사깃골은 그 이름이 흔하기로는 갓골이나 새터와 같아 진영 용전도 그 가운데 한 곳일 터인데,

진영 용전에서 더 들어서면 청둥오리탕에 붕어찜이 좋은 주남저수지가 있어 먼 산에 해 떨어지고 찬 바람도 사르르르 철새 본다 분탕치던 사람들 훌쩍 떠나버리면

낚싯줄 봉돌만한 심장이 놀라 덜컥덜컥 길룩길룩 목제 비질하던 쇠기러기떼는 그제서야 어두워진 못가로 무슨 빈 봉지같이 떠밀리며 잠드는 것인데 포항 위로 흥해 용전에 영덕 용전 우리나라 용전이란 용전 마을은 예부터 굴뚝 밑에 나물박 좋고 마른논 수렁논 없이 봄물이 쿨렁콸랑 넘치는 부촌으로 그 좋은 연줄 이어 내릴 것으로 귀치 않은 생각머리가 자꾸 돌아가는데 당 따그르르르,

동행

밤 기차는 떠든다
베트남에서 건너온 후투티 세 마리
등에 목에 기름꽃이 까맣다
사람 오내리는 계단에
서서 불편했던 마음마저 앉히면
황간 지나 추풍령
3번 아주머니 잠 깬 학생 잠든
15번 졸병 창턱 빗발은 옹알이를 거듭하고
창자까지 죄 훑어버린 마을 불빛이
눈먼 듯 서서 이쪽을 본다
후투티 날아가는 곳은 고향이 아니다
하늘 아래 어딜까 치맛자락을
대한해협에 빠뜨린 이 비 끝
어느 활엽수 달셋집일까
왜관 지나 구미 혹
후투티 내린 밤거리는
젖은 신문지같이 부풀고
다시 한 시간 홀로
베트남 바다 소식도 있을 비의 둥지
서울부산철길 첫 부두까지

나 가야 한다.

봄치레

나는 죽고 자네는 호상이 되어
아는 이 잊었던 이 두루 기별해주게
살붙이도 내치는 세상
내 아들 판검산들 그 무슨 소용
전봇대 올라앉은 까마귀 저놈
날짐승 주제에 무서운 효자라
제 어버이 끝내 먹여 살리는 일
오오 애재 오오 애재 그 오 자
까마귀 오 자 되는 이치가 그렇지
나이 들면 까장 한 얼굴 같아 볼품없어도
나는 여든 수 자넨 일흔 수
나 먼저 누울 일이야 꿰놓은 이치
세월 세월아 봄철아
지린내 나는 맥주도 몇 잔 걸쳤으니
가네 먼저 계산했네

어 자네 그러면 오늘 손해가 많아 손해가.

팔조령 지나며

차창 밖에서 손뼉 치는 빨간 돌복사꽃
어릴 적 동무 같다
팔조령 긴 허릿길
굽이굽이 등짐 진 마을
지렁종지만한 못이
한 둘 둘 셋
반짝반짝
반짝.

감꽃

곡우 다음날
차 앞유리에 박힌 감꽃 하나
고향집 작은어머니 잘 담그시는 우엉 깍두긴가 싶어
쓸어내지 않고 나는
입술로 자근
입천장으로 자근
두 번 씹어본다

제3부

두척산에서 비를 만나다

　오냐 앞뒤 없이 올라선 돌길 푸릇푸릇 봄빛 덮어 외로
움 이기겠느냐 너는 기껏 비로드 치마 딱분 화장에 한밑
천 요량으로 배꼽 다듬을 논다니는 아냐 십 리 십 리 이
십 리에 굴러도 삼십 리 마산항 한들건들 봇돌 돌섬도
오냐 빗발 호작질 쌩이질 다 참아달라 받아달라고 오냐
오냐 되구말구 산은 적적 비는 죽죽

　구름 물린 두척산 마루
　울컥 생목으로 넘쳐오는
　진달래 한 무리.

풀나라

그 먼 나라를 아시는지 여쭙습니다
젖쟁이 노랑쟁이 나생이 잔다꾸
사람 없고 사람 닮은 풀들만
파도밭을 담장으로 삼고 사는 나라
예순 아들이 여든 어머니 점심상을 차리고
예순 젊은이가 열 살 버릇대로
대소사 상다리 이고 지는 마을
사람만 봐도 개는 굼실 집 안으로 내빼
이름 잊혀진 채 그저 풀로만 불리는
강바랭이 씀바구 광대쟁이 독새기
이장 댁 한산 할배 마을 회관 마룻바닥에
소금 전 양 등줄 꺼지게 누운 마을
토광 옆 마늘 종다리는 무슨 힘으로
아침저녁 울컥벌컥 잘도 돋는데
한때 마흔 이젠 스무 집 어른들
집집 다 버리고 마을 회관 두 방
문지방 내외하며 자고 먹는 풀나라
굴 양식 뜰것이 아침마다 허옇게
저승길 종이꽃처럼 피는 바다
그 먼 나라를 아시는지 여쭙습니다.

풀약

뼈마디 곳곳에 통마늘 든 나날

앉아도 저리고 누워도 시려 용하다는 그 비약도 얻으려면 두렁길 지푸쟁이처럼 흔하지만 댈 돈이나 있으면 쌀됫박을 깨지 날로나 데치나 파랗기로야 홑잎나물 홑잎같이 내 몸 늘 생생하기를 어찌 바라겠나마는 약을 먹어 살아나는 일보다 약을 먹어 죽어 나가는 일 많이 본 억장 세월 시집온 날부터 이날 이때꺼정 가슴에 앉은 숯검정은 두고라도 서른 해 이 지랄 같은 병에는 돌미나리에 쓴 고사리 앙가시에 호라지좆

산에 들에 저 풀나물

어떤 놈이 내 약 될꼬.

신행

옷바위말 호랑머리 염개 뒷개
졸랑졸랑 바닷길이 올려 앉힌 마을
가끔 물기 빠진 속빨래 같지만
그래도 울컥 그리운 고향입니다

멀리 멸장 고는 연기 한 줄기
돌돌 돌길 따라 언덕 위로 올라서면
오월 으름꽃 볼 부은 연보라
연보랏빛 향내에 나는 꿈길을 걷고

두 집안 정지 밟지 않겠다고
친정에 허물 남기지 않겠다고
청상 마흔 해 잘도 건넜는데 기어이
도시 아들 짐 된다고 목맨 마산댁

옷바위말 호랑머리 염개 뒷개
뱃길 차례로 동무 마을 기별하면서
오늘 아침 무테
마산 화장장으로 신행 가는 길

강씨 묘각 큰 소나무 큰 가지 아래 서서
돈냉이 별꽃 풀나라 아이들과 배웅했습니다
땡그랑 땡그랑
아침밥도 안 먹고 배웅했습니다.

풀나라 기별

사월 오월 안산 당산
조팝 진달래 희어 붉어 비린 속살 포족족 포족족 우
듬지마다 여우귀 새순을 달고 골짝 등성이 지리지리 종
지리 흩고 날리며 옆눈 없이 내빼는데 허둥둥 지둥둥
마냥 잦은 화냥질이어서 마음은 찔레밭 그늘에도 길을
맡기지

사월 오월 안산 당산
무량무량
꽃지옥 길
울며 울며 지쳐 걸으며,

이밥풀

성민기도원 직산마을 평해면 울진군 경상북도는 지난
밤 빗물 웅덩이에 비스듬히 올라앉았다 박태기 한 그루
붉게 목을 달구어 문간을 삐쭉이 내다본다 녹 쓴 종탑을
애써 닦으면 먼 데 백암산 솔잣새도 내려앉아 두리번거
린다 어 여기 기도원이 있네 그렇다 기도원은 예부터 있
었고 이밥풀 푸른 심줄로 몰려다니는 종소리도 있다 어
머님 이밥풀 쌈으로 힘을 보태시고 오늘도 남은 시름을
갈무리하듯 비녀 단정하니 장독 마당으로 내려서면

살풋 동해 물살이 떠밀고 온
보름 큰 달.

눈먼 그대

그대 눈먼 그대로 묻히셨는가
새로 핀 도라지밭 남녘 물살 예사로 덮쳐도
우리 내외 더듬어 보듬어 내려온 바다
깍지 낀 섬들이 물길을 막고
징징 돌멩이를 던지던 갯가 사람들
세상 서러워도 제 땅에 나라마저 잃어
쫓겨 구르던 마음 곰나루는 여기서 먼 데
붉은 솔뿌리 한 골짝 건너서고
겹겹 조개무지 다시 텃밭 이루어도
기껏 百濟政丞都彌妻貞烈婦人* 그 이름 지키기 위해
남아 욕된 것 아닌 줄 그대 아실 일
남녘 바다 바라보며 다시 감긴 눈
그대 바이 뜬 바 없이 두고 온 하늘 더듬나
더는 물러설 데 없이 뺏기고 앗긴
안골 옛 저잣거리 젓독마냥 곰삭은 세월
마음 없으니 머문 이십 년이 매양 하룻잠
살아 서럽네 울컥울컥 솟은 흙무덤 다 고향집 같아
엎어지다 미끄러지다 여태
그대 눈먼 그대로 누워계신가.

* 가덕도가 막아주고 있는 녹산 안골 언덕바지 솔숲에는 먼 옛날 네 나라 시기 백제에서 쫓겨난 도미와 그 아내가 함께 묻힌 것으로 알려진 큰 무덤이 하나 있다. 1950년 경인년 난리 뒤까지도 가끔 나라 안 도씨 분들이 묘사를 왔다고 한다. 요즘도 더러운 힘에 쫓겨 다니는 사람이 한둘은 아니건만, 도미 그 내외 참 멀리도 흘러왔다.

어린 소녀 왔습니다

유세차 갑오 정월 초이틀 임신은 우리 친가 아바 곧 이 세상 버리시고 구원천대 돌아가신 그날이라 앞날 저녁 출가 소녀 수련은 왼손으로 눈물 닦고 오른손으로 가슴 쥐고 엎드려 아뢰오니

슬프다 우리 아바 아바 얼굴 보려 하고 산도 넘고 물을 건너 어린 소녀 지가 왔소 불러도 답이 없고 울어도 말씀 없어 부녀간 깊은 속정 창회가 만 갈랜데 갈수록 생각되고 갈수록 눈물이라

아바 잃은 우리 어마 삼혼이 흩어지고 칠백이 간데 없네 창천 구름에 켜켜 수심이요 강강 흐른 물에 겹겹 눈물이라 어이어이 우리 아바 빈산 석 자 토봉 무덤 속에 무슨 낙으로 지내실고

슬프다 우리 아바 일생이 서럽도다 유월 더운 날과 엄동 긴긴 날에 남 안 보는 거친 참상 몇 번이나 당했는가 일신 조화 병이 깊어 동서남북 구약한들 만사가 허사로다 아바 보은 허사로다

하물며 임종시에 약 한 첩 못 달이고 화급총총 가신 날에 말씀 한 번 못 들으니 딸자식이 자식인가 출가외인 분명하다 눈에 삼삼 우리 아바 저 세상 왕랫길은 얼마나 멀고 멀어 다시 올 줄 모르시나

　　되오소서 되오소서 피고 지는 좋은 날에 다시 한 번 되오소서 어이어이 바쁜 세월 어언간 소상이라 구곡같이 맺힌 정회 깜박깜박 아뢰오니 아룀이 계시거든 흠향 흠향하옵소서 오호 애재 상 향.

* 대한민국 시대에도 한글 제문이 수태 마련되었을 터이나, 세상에 발간된 것이 없었던 터에 오침 선장본으로 꾸민 『배달말祭文集』(여지환 펴냄, 진주 제일 인쇄소, 1990) 백열일곱 쪽을 받들 기회가 있었기로, 두렵고 기뻐서 앉아 읽고 서서 읽는다.

월명 노래

월명을 찾아서 월명마을로
월명이 바라 섰던 한길을 따라
월명이 물 긷던 찬 샘 옆으로

가다 오다 한 몸 가약 봄날 며칠에
젓독 같은 팔뚝에 마냥 길들어
장돌뱅이 님이사 홀로 섬길 일

님 없는 날마다 산길 더듬나
월명이 오르던 월명산 마루
안의 산청 둘러보면 은빛 구름길

기러기 기역 니은 제 길 곧아도
하늘 아래 곧은 마음 월명이 사랑
경상우도 함양 고을 월명이 옛일

월명을 찾아서 월명마을로
산도 월명 들도 월명 마을도 월명
외봉우리 월명산엔 묏등만 하나

오실보실 솔바람에 오록조록 올고사리
뒤늦어 님 울음도 묻힌 그 자리
한 무덤에 두 주검 찾는 이 없고

이승 저승 울먹울먹 헛디디면서
월명 간다 월명이 간다
구름 우에 구름 간다.

월명 옛 고을에 들다

　월명을 찾아서 월명마을로 당기둥 당기둥당 풍악도 없다 삐이빠아 빠 방귀를 뀌며 내 지닌 것 검은 자지뿐 새털같이 많은 날에 잊지 못할 일은 잦아 월명이 님 그려 월명산 오를 때 불쌍불쌍 상림에 돌부처도 월명이 걱정 구구 군생각 육십령 멧비둘기도 월명이 걱정 월명을 찾아서 월명마을로 울불구불 함양길 돌아들면 월명이 후생은 물이었을까 월명이 명줄 같은 하얀 실여울

　금대금대금대금대 오늘 밤 두류산 금대암엔 여우가 울고
　달빛 폭포 새로 환하리.

광음이 흐르는 물과 같아

광음이 흐르는 물과 같아 못 뵈온 지 벌써 여러 해 짧게라도 전해 올린 봉서 없사오니 어찌 동기간 알뜰한 정이라 하오리까 물 설고 사람마저 낯선 땅에서 남의 어버이 섬기고 남의 동기 따르는 아녀자 옛법이 원망스럽습니다 아지 못할 새 꽃 피고 새 우는 봄 날씨에 어머니 만강하옵시며 오라버니 오라버니댁 질아 두 오누이 두루 무탈하온지 알고 접습니다 아버지 환중이실 때 이리 구완 저리 구완 쓰라렸을 일들 차마 저에게 보이지 않으려 하시던 마음 쓰심이 해를 건너 눈물 더하게 합니다 민물장어국이 오지다 하여 끼때 맞추어 올리시던 오라버니댁 손길이 더욱더욱 도타왔습니다 오라버니 한 번 친정 걸음 매양 어렵더니 이제금 용기를 내었습니다 다가오는 청명 한식 아버지 산일 때는 기별 주시오소서 하로라도 열흘처럼 기다릴까 합니다 남은 말씀은 뵈온 뒤로 미루옵고 이만

동생 총총.

통속에 대하여

옛 사람을 만난 봄날에는 할 일이 없다
스무 해에 다섯 해를 더 건너뛴 나날의 사람을
시장길에서 만나는 일은 통속 늘
잡지에서나 읽던 통속이 등을 떠밀면

잊었던 옛 사람은 잠시 안타깝고
눈 밑 주름이 마음 사이를 기는 동안
더듬더듬 아이며 일터 이야기를 더듬거리다가
만날 약속도 없이 헤어졌다면

푸르게 부풀던 그 갈밭은 벌써 집 자리로 바뀌었고
납덩이처럼 밀리는 물 그림자를 보며 그 사람은
한 물살에 다른 물살이 얹힐 때 그 사람은
무슨 그리움을 가르치려 했던가

백화점 문예 강좌도 쉬는 월요일
세월 홀로 통속과 놀아나기로 작정한 탓인지
손 한 번 잡지 못하고 헤어졌던 사람
아직도 속눈썹이 짧아 서늘한데

통속은 어디서나 손목을 챈다
옛 사람을 만난 봄은 더욱 심심한 날을 연출하려는지
마냥 돌아서는 그 사람 뒷모습에다
목련꽃 한 잎 더 떨어뜨린다.

김해와 시인
──황동규님

시인이 걸어간다
어깨는 높이고 고개 들면서
(안경은 상앗빛 테는 굵어서)
시인답게 걸음 옮긴다

한때 그는 대구와 부산을 거쳤다
빗물이 양철 홈을 타고 내리며 더 큰 빗물을 감당하듯
혁명이 제 내장을 꺼냈다 쓸어 담은 육십 년대
시인은 스스로 찢은 깃발이었다
비구름 끓이는 멧부리였다

시인이 걸어간다
시인답게 어깨를 빌리지 않고
(빌려주지 못한 어깨가 쓸쓸하지 않게)
시인이 납릉 가운데로 걸음 옮긴다

김해는 옛 나라 서울
섬나라 사람들 몰려와 제 나라 기분을 내는 땅
시인이 아끼는 제자가
주당 열두 시간 밥벌이로 스승의 웃음 흉내내는 곳

(천진스럽게 막막하게)
오래

시인이 걸어간다
연홍빛 노을을 이마로 받은 채
서낙동강이 걸어온다.

구름 여자

그대 그리운 여자는 어디 있는지
그립던 여자는
모르지? 경주 지나 안강 지나 수세미 머리 소나무 외
진 마을 줄팔매질 참새도 띄우며 잔 부끄럼 많은 여자
스란치마 짧게 입고 숭시러버라 우사스러버라 웃음소리
말소리 콩자갈 밟는 듯해서 바람도 기웃기웃 젊은 아내
장화 죽자 내내 홀로 살다 곁에 묻혔다는 신라 적 흥덕
임금 옛사랑 뜬소문을 들었나 염치없이 몰려들어 왕릉
돈다 손뼉 친다

조선솔 빼어난 골짝
서서 어지러운
구름 여자들.

제4부

황강 1

가죽 지는 잎은 지면서
구름 흔들고
노을 훌쩍 건너서는
쇠오리 가창오리
돌대추 가지에 종아리 긁히며
혼백 시집간 고모는 어느 길로 들었을까
물모래 땅콩밭 십 리 더 위엔
오포 불던 옛 장터
나루도 있다.

황강 2

마흔에 네 해를 더하고부터
바람은 이마에서 숯불 타는 소릴 낸다
둔덕길로 따라온 지난 여름
아주까리 물살

세월도 추운 마디가 져서
밤새 소금만 구웠구나
댓잎댓잎 나직이
맥을 짚는 아침 연기

그악그악 까치네
웃각시만 분답다.

황강 3

삼월 삼질
안산 마루
진달래에 연달래
골논 물골엔 구렁구렁
쑥빛 가물치가 기고
또 한 사람 농약을 마셨는지
열아 열아
백아 백아
누렁이 곡소리 너머
붉은 역장*의 구름.

* 逆葬: 얼굴을 땅 쪽으로 엎어 묻는 묘제.

황강 4

오나 가나 오가리
걷고 말고 지릿재

망한다 망한다
세상 망하지 않고
죽는다 죽는다
사람 죽지 않건만

재개*나 내나 한심타
딸 셋에 씨도 못 딴 죽디기**

말짱 헛됐지
우리집 바깥양반
십 년도 지난 적
술사발도 다 밀쳐내고 하아

황강물에 불어 뜬
젖빛 왜가리.

　* 자기의 지역말.
　** 쭉정이의 지역말.

황강 5

바람막이
둑길 탓에
물살은 예사 턱질이다
콩에 팥에 봉산할메
돌림장 채비는 어떠시던가
가랑눈 온다기
왔다 간다 새벽
연호사 풍경 소리.

황강 6

오복골 십 리
내린 물 너부죽 수구 돌아 나서고
빈집 장독대에
익은 꽈리 빨간 두 포기

가만히 곰곰 바라보니
창호지같이 훤한 피란길 더부살이
풋꽈리 소리에도 어머니
깨울라 동생
울릴라.

황강 7

두렁콩 베는 날에 해가 저물어
진주로 시집간 콩점이 생각
곡식도 씨 따는데
사람이 못 딸까
내리 딸 넷에 아들
남편 상 났단 소식도 이어 들리고

콩점아 콩점아 콩 보자
사타리*에 점 보자
잔불 놓던 둑너미엔
첫날 첫 봄밤

달빛 홀로 다복다복 어디로 왔나.

* 사타구니의 지역말.

황강 8

다시는 돌아보지 않으리
돌아보면 해오라기 강턱으로
애기똥풀 괭이밥은 노랗게 피고

잎마다 남이 분이 이름 붙여보는 봄날

허리 끊긴 밤길이다가 한때
땅버들 골짝이다가 간밤
이랑 고랑 허물어지던 빗소리

다시는 돌아보지 않으리
지게째 얹고 다닌 징검돌 세월도
황강 굽은 활대 물살도

세상 길바닥은 어디라 다 문지방

아지랑이 밥물 끓는 모랫길 따라
봄사람 울음소리 서럽네
봄사람 울음소리 서럽네 오호이

햇살 천지 온 산엔 소피 진달래
길 그친 하늘엔 구름 발자국.

황강 9

황강 물 굴불굴불 황강 옥이와 귀엣말 즐겁습니다
황강 모래 엄지 검지 발가락 새 물꽃 되어 흐르듯이
간지러운 옛말이 들리는 봄
재첩 볼우물이 고운 옥이 마을
이모와 고모가 한 동기를 이루며 늙어간 버들골로
물안개는 디딜 데 없이 아득하였습니다
호르르르 물잠자리 홀로 물수제비 띄우고
옥양목 파란 수숫대가 바스락 소매를 잡습니다
옴두꺼비 멀리서 개구리처럼 울어도 예사로운 날
황강 옥이와 헤어질 일을 생각하였습니다
육십 리 나루 육십 리 황강 옥이는
황강 육십 리 옛 노래 능청거리는데
혼자 사는 옥이 엄지 검지 손톱이 뭉개져 까맣습니다
물총새 뒤꼭지를 닮았습니다.

황강 10

바람은 연잎을 끌고
연잎은 콩대를 끌고
구름은 달리고 또 달린다
머리 붉은 개여뀌 바보여뀌 모여 달리고
들깻잎 입술 옥물고 달리는 저녁
저를 쳐다보고 선
자귀꽃 멀건 얼굴을

목판본 먹빛 글씨로 찍고 흐르는 황강.

황강 11

밍가 낙민 길 버드나무가
양버들*이 아니고 미류라 해도
고지기는 고지기 한 몸 여우볕 삶이었다고
산운아제 희미하게 웃는다

싸리꽃 하얀 튀밥인 양 쳐다보며
업혀 울며 돌아오던
옛날이 있었다

머리에서 허리까지 낙진으로 허옇던
어마아바의 모랫벌도 있었다.

* 포플러.

황강 12

벼랑 업은 둑길로
나는 울고 형은 달래고

중얼중얼 중얼
수염 긴 메기가 나는 무서워

짚불 타듯 사라져도
초저녁 도깨비불 나는 무서워.

황강 13

도시서 밀려든 처지라 도시 속은 없지만
티켓은 끊지 않습니다 논두렁 출장을 나서도
깨밭길 차를 날라도

어디 못지 않습니다 읍 찻집도
열 걸음 앙금발로 앞장서면서 미스 박
미경이라고 불러주시구요 많이
사랑해주시구요

먹감나무 그늘로
그늘로 오는
첫여름 물빛.

황강 14

자기 나 처음 만날 때처럼
나는 꼭 사랑한다면
상투과자 좀 사오시오 꼭

상투과자 가게 지나며
상투 없이 사셨던 아버지 생각
고향 떠난 큰집 맏이란
단봉낙타
하늘길 마른 얼음장 홀로 밟고 가신 듯
단봉낙타

장마당이다
서커스단 날라리다.

황강 15

유월 밤밭
밤꽃 학교 길엔
코를 막고 치달아도
부끄러운 숯머리
속도 모르는 순이는
다풀다풀 순이는
눈만 그저
호동동.

황강 16

미태산 미타산 한 이름인데

닷 돈 닷 돈 돈 닷 돈
모퉁이마다 버꾸기

길 질다 말다 신반장
물 좋다 말다 적중장

누비질 구름은 구금실 굼실.

황강 17

저녁 연기 머리 둔 곳이
저승이라고

갈가마귀 셋 넷
울어 우는 길

흘러간 노래도
한두 번이지

느티나무 아래선
또드락 똑딱 목탁 소리.

제5부

까치종합화장품

까치를 닮은 할머님
진양 강씨 씨받이로 부산에 든 뒤
바닥 질척이는 일흔 해 잘도 건너와
흰머리 검은머리 까치를 닮고
아침 느지막이 까치종합화장품 옆 가게문 여신다
고구마 한 양푼이 파적에 어묵을 끓여
막걸리 장사로 다문다문 세월은 없었지만
가끔 늘그막 맞수들이 술추렴으로 떠들고
까치가 드문 망미동 한복판에서
그악그악 까치 웃음소리 내시던 할머님
며칠 전에는 조등이 걸리고
오늘 아침에는 찬가게가 들어섰다
서울 산다던 아들
당신 배 밟고 나온 그 외동이
들어먹고 떠났단 풍문.

껌

빗발 향해 중얼거린다
어둠 속에서 맥을 놓는
더 어두운 빛을 향해
하수구로 되돌아서는
더 젖은 어둠을 향해

문 내린 옷 수선집 여대생 주부 대출 환영
광고문이 붙은 전봇대 금반지도 받는다는
사이사이 네온 간판이 금줄을 치는 거리
버스는 가고 오고 겨울이 깊어 사람들은
어깨를 훑는 불빛에도 흠칫 발목을 들킨다
차에 밀리는 얼굴 안에서 밖에서
어디서 본 듯한 헤어진 듯한
발끝을 들어 헤어질 일 바쁜 얼굴
어둠 향해 빗물 향해 주 주르륵 중얼거린다

떨어지지 않고 않으려
밟히고 있는 아스팔트 위
껌을 향해 중얼거린다

까맣게 굳어버린 한때는
따뜻했을 누 눈물을 향해.

가랑비 진주
―― 곽동훈님

십팔 년 그대
진주서 보낸 세월 십팔 년이었다고 말한다

말라 기는 남강 여울
비봉산 내려선 그늘로
십팔 년 그대
진주 떠돌던 나날 그리 되었나

은빛 머리 희끗희끗 섞으며
가좌동에서 신안동 그대 오갈 길가에
은행나무 노란 가을이
내년 봄 인사 먼저 하는데

진주는 진주성
뒤벼리는 남강 안아 길고
사천 또 반성
뚫린 길 따라 그대 병이 깊었나
밤이 깊었나

그대 마냥

마음 틈새로 흘려보낸 저 호국사
쇳물 종소릴 닮자 하는가

진주성 들어서면 그리운 사람
그대 아파트 앞길
가랑비 함께 지난다.

니나노 금정산

요산 김정한 선생은 이름 모를 꽃이라 더듬거리면
등신 거튼 놈들 한마디를 끝으로 고기를 뜯으셨다
삼천 원이 육천 원 한 그릇으로 바뀌어도 바깥 수업
그때처럼 보신탕은 맛이 깊다

그때 함께 공부했던 소설가 김창식은
좋은 평론가가 못 되어 섭섭하고
평론가 김창식은 좋은 소설가가 못 되어 유리 술잔을
씹는다
뱉는다 아버지 아내 좁은 아파트에서 기다리는 저녁
끼때

스무 해 공부 뒤끝에 얻은 대장염 사이로 꼬르륵
새삼 헛디디는 금정산 바람 소리

태야 최동원 선생 가신 지도 십 년
앞서며 뒤서며 떠벌이던 제자들 죄 떠난 뒤
묵은 관절염 돌보고 오는지 전철역 나서시는 선생댁을
고개 들어 고개 돌려 한참 서서 본 날이 그제였던가

소설에 평론에 아득한 십 년 대학 강사 김창식과 앉아
개고기를 뜯다 고개 들면 등신 거튼 놈들
이름 모를 꽃가지 너머로 금정산은 붉은 구름장을 띄
우고
어디선가 향파 이주홍 선생까지 넘어와 자지를 꺼내
든다

요즘 그 일 잘 되나 태야
요산과 낙산 사이에서.

집현산 보현사

　함양 산청 옛길이라 생비량은 비량 무슨 비린 민물 피라미 껍지 싱싱한 배때기를 떠올리는 것이지만 생비량은 일찍이 네나라 시기 가야 나라 끝 임금 구형이 망가진 식솔을 끌고 걸어 건넜던 길이라 물길 또한 깊은 터여서 생비량 사람들 바라보면 발갛게 익은 얼굴로 비량 생비량 고요히 제 마음 맑진 바닥으로만 마냥 잦아드는 듯싶어 지나는 이를 더욱 그윽하게 이끄는데

　먼 날에도 조선 나라 생비량에 비량이라는 어벙벙한 스님 있어 빈대 잡다 절집 부처 다 태우고 쫓겨가면서도 비량 제 이름에다 생자 한 자 더 얹어 땅 이름으로 삼고 두고두고 뒷날 욕심을 낸 터인데 이즈음 대한 나라 시기에도 그런 위인이란 봄날 못물에 개구리밥처럼 흔한 것이어서 어 여기가 그런 곳인가 지나치자 지나가 지나쳐 듣는 이마다 입공양을 아끼지 않는 것인데

　생비량은 부산에서 두류산 들고 대구에서 두류산 들 때 의령 지나 대의 지나 쫠쫠 조르르 지나칠 수 있도록 두 바다 건너온 서양 기름똥으로 검게 다듬은 널찍한 이등 길바닥인 셈인데 사람들은 팔팔길로 남해길로 일등

길로만 오가다 가끔 모를 이 속살 훔쳐보듯 아찔한 재미
로 생비량 비량길로 운전대 잡고서 한낮에도 한 백이십
킬로로로 슬슬 생땀 함부로 흘려도 보는데

  음음 그 길에 무슨 인연 두터워 내 이기지 못할 슬픔
손으로 훔치고 어금니로 뿌리며 으물며 생비량길로 날
잡은 날 아침인데 생비량길은 비량 들어서기 삼십 리 바
깥 의령 월촌 정암에서부터 망가지고 무너지고 끊긴 길
이 된 것인데 함께 길을 엮어준 사람들도 뒷자리에 앉아
오늘 뒤로 다시는 비량 생비량을 찾지 않으리라 콧물 눈
물로 함께 맹세하는 것인데 생비량 비량

  사람 비운 집들이 제 그림자를 키워 저 있는가 없는가
물끄러미 짐작하다 보면 하루 해가 간데없을 생비량으
로 왼길로 집현산으로 생비량 집현산이란 본디 이만오
천분의 일에도 오만분의 일에도 제 얼굴을 지도에 크게
올리지 못한 못난 멧줄기 가운데 하나인 셈인데 그래도
앞만 바라고 오르다 보면 평론가 김교수 창식 영가가 자
리 잡은 보현사 골짜기에 이르는 것인데

골짜기란 골 노릇한다고 모난 구석일 것이 뻔한 일이
지만 때 이르게 어느 집안 일손 끊긴 방동사니 다락밭으
로 눈길 기웃 자주 기웃거리는 심사란 선대 선산에 묻힌
타성받이 뫼를 벌써 파내지 못해 오래 다친 마음과 같은
것인데 그도 저도 그만고만하고 차를 몰아 올라가 올라
가보는 것인데 본디 절이란 숨어도 잘난 곳에 들나도 돈
될 곳에 들보 올린 일터라 말하지만

공부벌레에게나 걸맞을 집현산이라는 일컬음에다 관
세음 보현 힘센 보현 보살님을 빌려와 그러한지 절 앞뒤
로 옆으로 맹종죽이 욱신욱신 힘을 키우고 벋어 두 하늘
을 엮고도 남을 듯싶은 골짜긴데 김교수 창식 영가가 보
현사에 자리 잡게 된 일은 모를 일이라고 끄덕거리는 이
도 있지만 본디 스무 해도 더 앞서 김교수 창식 어머니
가 앞서 건너간 삼도내로 대숲이 열어주는

도리멍석처럼 솔방울 깔아둔 아이들 묵은 소꿉자리가
있는가 하면 어미 곁눈을 떠나 뿌리를 내린 연다래 파란
줄거리 고개를 쳐들기는 갸웃 쳐들어보는 돌담도 있고
날개 짐승 다리 짐승 함부로 오다닐 장다리밭 샛길로 절

살림 같지 않이 잎 큰 머위며 당귀도 불쑥불쑥 머리를
들이미는 소풀밭도 두 고랑 세 고랑까지 아래로 위로 몸
날려 벌 나비 들벌레 불러보는 것인데인데

　어머니 먼저 가 계신 저승골이 멀고 어려움을 몸으로
배워보기도 할 양인지 집현산 보현사는 절 살림이 모자
라나 김교수 황천길 노자가 모자라나 걱정 많은 후배와
제자들이 꽃을 돌리고 떡을 돌리고 마냥 바쁘게 탑돌이
하듯이 절집 누문에서부터 영 바빠버리는 것인데 그래
도 사람살이 가운데서도 모를 구석 정한 구석 많기로는
저승길 저승 살림 떠나는 이 밝은 배웅이라

　이저리 집현산 골짜기를 덮었다 열었다 혼자 던졌다
놓았다 혓바늘 말리다 보면 벌써 여름 가고 겨울 가고
다시 봄 되어 다시 보는 봄이란 김교수 창식이 손에 불
을 켜고 책장을 읽던 채로 책장 영 태운 철이어서 눈물
도 아는 이들이나 흘리는 버릇이라며 언제부턴가 집현
산 보현사에 새로운 길이 생기고 어깨 팔 하얀 돌배나무
꽃나라가 무량무량 무극무극 자랄 참인데

두꺼비 두꺼비 외로운 두꺼비 목 굵은 보현산 두꺼비 한 마리 사람들은 수근소근 외로움 깊으면 가는 길 더디다 하는데 대나무 노란 꽃이 고물고물 떨어질까 모를 일에도 사람들은 이저리 바쁘게 깃들곤 하는데 집현산 보현사 멀다 해도 뒤뜰에 약밤나무 앞뜰에 멧단풍이 시름없고 사십구재 하얀 구름광목 산마루 둘러쳐서 쳐져 흙비를 불러도 닷새는 마냥 부를 기세인데

　　슬픔이란 제 무게로 스며드는 골짝물 같아 더듬더듬 아무 데서나 등을 잡는 햇살 아픈 팔매질 같아 삼도내 물줄기란 부처님 앞가슴 세 길 옷자락이어서 울음은 손바닥으로 보내고 눈물은 허리로 받치며 생비량 비량 집현산 내려서면 불쑥불쑥 잔돌 바닥이 부처님 얼굴로 마구 일어서는 것인데 그 가운데로 두꺼비 두꺼비 두꺼비 보현사에 두꺼비 자곰조곰 혼자 가는 것인데.

두실

나라 사람 고루 잘살게 하는 일에 온 힘 바치겠노라
고루라 새 이름 붙였던 이극로 나신 두실 가는 길
땅길도 물길도 고루고루 흙먼지 속에 누워 있다
애기마름에 세모고랭이 흐린 물풀 위로 주시경 김두봉
고루 이름을 붙여보아도 고루 밟을 자리가 없다
고루는 고루 세상에 이름을 남기지 못하고 오늘은 내가
고루댁 담장에 서서 탑도 없는 건너 탑골을 바라본다
울산 최현배는 집안이 벌고 김해 이윤재는 그 삶 또한
그득했으나
고루 살아 나오는 길에 기쁜 일 크게 없어
고루고루 눈 내리는 겨울밤 고루는 지나 나라 어디서
흰소머리산*이며 소머리강**을 생각했을까
배달겨레 배달말이 떳떳하고 마땅하다며 배달노래 지
어 불렀던
고루를 만나러 가는 봄도 오월
고루 옛 마을 땅콩잎은 파랗게
닿소리 또 홀소리 낙동강 물소리로 귀를 열고.

　* 백두산.
　** 우수리강.

날개 달린 책

반지하 헌책방 계단 밑에서
한 권 푸른 책이 날아 나온다
속 먼지를 떨어내니 은행잎
갈기 세워 달리는 운동장이 둥글다
동래일신여학교 옛길
기모노 단풍 불긋불긋 게다짝 소리

아버지는 명지 김밭에서 명줄을 묶어
남은 삶을 바다로 삼아버렸고
대한해협 캄캄한 달빛 두더지 되어
오라버니 둘 울음 옥문 채
왜국 하관으로 지나 상해로 숨은 몇 해
문하야 문하야 삯바느질 홀어미와 동생을 두고
그 뒤 따랐던 누이

읽은뒤에는반다시졔자리에꼬즙세다
동래일신여학교 장서인 어딘가
묻어 있을 누이의 손금
고요히 속표지에 엄지를 얹고
서안 불타는 모래혀와 누이가

총알을 삼켰을 곤륜산을 생각하면
하늘 바깥으로 떨어지는 청동 빗소리

읽은뒤에는반다시제자리에꼬즙세다
제자리를 찾지 못한 구름이
무더기더기 파지 공장으로 실려 가는 여름
밀양땅 북정산
박차정* 누이 애기무덤까지
벌초 나서는 한 짐차도 보인다.

* 朴次貞(1910~1944). 경남 동래 사람으로, 의열단 김원봉 장군의 아내.
  조선의용대 부녀복무단장을 지냈다.

섬나라도 섬나라 나름이지

무라야마 도미이치* 나는 말한다
일한병합이나 한일합방이나 그게 그거지
짜증 나 늬들 입으로 사이 좋게 나라 합쳤다
합방 합방 즐거워하더니 이제 와 무슨 벌소리
나라 빼앗긴 치욕이네 어쩌네 몇 사람 목줄 끊었다지만
제 나라 말 사전에도 버젓이 올려놓고 무슨 뚱딴지
늑약이 무엇인지 국치가 무엇인지
뭘 모르는 늬들에게 무라야마 나는 말한다
을사보호조약이라 하니 을사년에 들어가 보호했고
3월 1일 시키지도 않은 운동회를 가졌으니 3·1 운동
주는 상이나 받고 제집으로 일터로 돌아가면 그만 잠
잠 그만
갑오년에 새로 나라 힘 떨칠 일 생겼다고
늬들 스스로 갑오경장 말도 매끄러운데 이제 와
이런 일을 노랫말로 불러야 할 만큼 짜증나
싫어 웃기는 일 처리야 짜증나
독립 독립 외쳐대도 혼자 서는 것은 남자 거기뿐인데
우리 이롭게 만든 말 늬 놈들이 알기나 할까
우뚝한 일은 더욱 자랑스런 이름으로
부끄러운 일은 다시 되풀이하지 않을 길로

역사 용어란 제 나라 이로운 쪽으로 붙이는 것
늬 놈들이 그 이치 알까
무라야마 나는 말한다
35년 누린 즐거움도 흐뭇하게 36년으로 늘려주면서
늬들 좋은 이름 경술국치 버리고 줄곧 한일합방 합방
해놓고
이제 와서 뜬금없이 무슨 벌소리
에 또 내 한 자락 늬들 위해 내리노니
찌찌나 먹어라 영치기 영차
오뎅 댕댕
묵찌빠 묵찌빠
쪼이나
쪼이나
잉.

* 村山富市. 일본 총리를 지냈다.

단풍나무 아래로

1

여름 저녁마다
아파트 놀이터는 바람을 쐰다
고만고만 막내딸이 용돈을 보내줍니다 캐나다서
2동 4동 할머니와 어머니
맏형은 흐뭇하게 그 일을 지켜본다

머릿속 깊은 데가 여러 해 말라
아파트를 사막의 강물같이 밀고 다니시는 어머니
어머니와 맏형이 벌이는 동시 상영을
뿌옇게 밝혀주는
방범등 하나.

2

삼십 도 소주로 두 번 말린 매실을 씹으면
싸르륵 싸륵 우박 소리

우박 소리 듣던
겨울밤이 있었다

집 가운데로 길 날 일 알면서도
더는 남의 집에 못 살겠다

날 때 나더라도 내 집서 살자 수정동 산번지
넘쳐나는 여름 똥물에 어머니 자주 버선을 적실 때

어쩌다 도시 계획이 풀려 이문을 남겼다며
바다 쪽으로 집 옮길 일을 기뻐하셨던

이미 쭈글쭈글 머리를 비워버린 어머니
매실 장아찌를 씹으며 아내와 나는 말이 없다.

이모

김해장 이칠장 서다 걷힌 뒤
군에선가 시에선가 뒤집고 영 엎어버린 뒤
차들 편하게 되고말구 가게도 번듯한데
소낙비에 상닭 숨듯 버스 정류소
금강병원 오가며 전을 펴신다

남 우사는 두렵지 않아도
두어 되 찹쌀 묵은 동부 한 되가
죽데기 밀기울같이 눈 밑을 간지럽혀
허둥방둥 쪼그린 채 또 우짜노

시집온 첫날부터 가슴에 숯검댕이만 앉더니
모여 밥 먹는 것도 대택이지
황소 구름도 무심히 맥을 놓는 봄

웃다 울다
제비꽃 이모.

치자가 말하면

전 맞아요 그리운 이도 없이
맞아서 웁니다 울면서
두 눈을 긁는 백내장 하늘도 남의 일인 걸
전 알아요 웃어요 치자가 말하면
골목마다 검정 휘장을 두르던 밤
이불 홑청도 없이 견딘 어릴 적 겨울을 닮아
자둣빛 입술이 슬퍼요 소름 끼치는
행복 소름 끼치는 사랑에 대해 전 알아요
알아서 조용히 빗장뼈가 내려앉고
짓무른 목덜미로 맞이하고 싶어요
침 뱉고 싶어요 깨진 병 유리에
자근자근 밟히며 자란 제 하얀 성감대
치자 치자꽃이 말하면
전 설레요 벌써 기다려요
울면서 시드는 마당가
구름의 발길질
치자 치자.

그 여자 꿈꾸지

콩나물 머리채 쥐고 다투지 손등 지지지 두 번 담뱃불
로 화장을 고치다 울고 화장 고치지 않고 그 여자 식전
부터 신을 던지지

물국수 즐기지 그 여자 삼팔장 구포 바닥 이저리 약
먹은 고물 쥐마냥 리어카로 떠돌지 머리에 바람 든 아홉
과 일곱 두 딸 울리지

술잔 던지지 밟지 저녁마다 속 빠진 멍게 껍질 얼굴
붉히지 몇 해 강바람에 삭은 포장집 실눈 뜬 채 엎드린
폐선에 몸을 맡기고

알비누 냄새 진한 김해 들 하얗게 칠성판 업은 겹겹
멧줄기 따라 그 여자 꿈꾸지 고향집 눈발 더듬다 돌아누
울 굴참나무 그 남편 곁.

마산의료원

누구는 간이 굳었다 하고 누구는
짚단처럼 주저앉아 어머니 상일을 걱정한다
사람 구석 억한 일 많아 술 인심만 염소 방귀마냥 흔
한데

배운 치들 못 믿을 마음 예부터 아는 일 그래도 모를
건 대학 다 나오고 남 아래로 보고 사는 아우 둘 중학 나
온 막내아우 시골서 살다 병원 흰 침상에 무너져 누웠는
데 무슨 까닭으로 와보지 않는지 배운 아우 못 배운 이
형이 무어라겠소만 동생 걱정도 안 되는지 아니오 아니
오 그것도 제 요량 있는 일이라 생각하니 남세스럽지요
집안 망신이지요 제발

가려오
눈 드문 마산항
더듬더듬 눈 오는 날.

소리의 음악과 햇살의 광학

오형엽

1

박태일의 시가 노래에 근원을 두고 있다는 사실은 이미 지적되어왔다. 첫 시집 『그리운 주막』의 해설에서 황동규는, 박태일의 시가 시의 뿌리인 노래의 정수를 가지고 있으며 이중 삼중의 의미가 재생산되는 노래의 구조를 가지고 있음을 정확히 지적하였다. 그리고 세번째 시집 『약쑥 개쑥』의 해설에서 하응백은, 박태일 시가 지닌 운율을 세밀히 분석하면서 음수율·음보율·음위율·타령조 등의 우리 시의 율격을 총동원하여 시를 능숙하게 노래화한다는 점을 밝혀내었다. 최근 우리 시에서 찾아보기 힘들 만큼 독보적인 경지에 이른 박태일 시의 이 음악성은 네번째 시집인 『풀나라』에서도 유감없이 발휘되고 있다. 거의 모든 시들에 의미와 적절히 조화된 음악적 리듬이 개입되어 있는데, 여기서는 이번 시집에서 두드러지게 시도되고 있는 특징들을 중심으로 살펴보기로 하자. 우선 정형시의 형식을 통해 우리 시의 전통적 율격을 차용한 경우를 들 수 있다.

1) 월명을|찾아서|월명마을로 ‖
   월명이|바라 섰던|한길을 따라 ‖
   월명이|물 긷던|찬 샘 옆으로 ‖   ——「월명 노래」부분

2) 오나 가나|오가리|
   걷고 말고|지릿재 ‖

   망한다|망한다|
   세상|망하지 않고 ‖
   죽는다|죽는다|
   사람|죽지 않건만 ‖   ——「황강 4」부분

3) 어머니|눈가를|비비시더니 ‖
   아침부터|저녁까지|비비시더니 ‖
   어린 순애|떠나는|버스 밑에서도 ‖
   잘 가라|손 저어|말씀하시고 ‖
   눈 붉혀|조심해라|이어시더니 ‖
                                   ——「어머니와 순애」부분

1)은 향가의 형식과 내용을 차용한다. 3음보의 기본 율격을 유지하여 전체적 통일성을 확보하는 동시에, 각 행의

첫 단어로 "월명"을 배치하여 음위율을 형성한다. 이 시에서 "월명"은 사람의 이름이기도 하고 산과 들과 마을의 이름이기도 하다. 따라서 "월명"을 반복하여 리듬의 가속도를 만들어내는 이 시의 음악성은 "월명을 찾아서 월명마을로/산도 월명 들도 월명 마을도 월명/외봉우리 월명산엔 묏등만 하나"에서 그 절정에 이른다. 2)는 2음보 혹은 4음보의 율격이다. 1연의 "오나 가나"에서는 '나'가 반복되고 "걷고 말고"에서는 '고'가 반복되면서 음위율을 형성하고, 2연의 "망한다"와 "죽는다"의 반복은 단순성 속에 음악적 규칙을 형성한다. 3)은 3음보의 기본 율격을 유지하면서 각 행의 말미에 "-시더니"를 중첩시켜 음위율을 만들어내고 있다.

정형시의 형식을 통해 시도되는 이러한 규칙적 리듬은 전통 양식의 현재적 재현을 통해 현대시가 상실해가고 있는 음악성을 회복시킨다. 그러므로 현재적 상황 속에서의 이 재현은 형식 실험의 의미를 부여받는다. 이 형식 실험의 일차적 효과는 시의 본질인 노래를 통한 서정성의 회복이며, 이차적 효과는 우리 시대의 상실과 폐허에 맞서는 공동체적 유대감의 회복이다. 박태일 시의 형식 실험은 산문시의 형식을 통해 우리 전통 문학의 주변 장르를 차용하는 경우로 전개된다.

1) 광음이 흐르는 물과 같아 못 뵈온 지 벌써 여러 해 짧게라도 전해 올린 봉서 없사오니 어찌 동기간 알뜰한 정이라 하오리까 물 설고 사람마저 낯선 땅에서 남의 어버이 섬기고 남의 동기 따르는 아녀자 옛법이 원망스럽습니다 아지 못할 새 꽃 피고

새 우는 봄 날씨에 어머니 만강하옵시며 오라버니 오라버니댁
질아 두 오누이 두루 무탈하온지 알고 접습니다
　　　　　　　　　　　　——「광음이 흐르는 물과 같아」 부분

　　2) 유세차 갑오 정월 초이틀 임신은 우리 친가 아바 곧 이 세
상 버리시고 구원천대 돌아가신 그날이라 앞날 저녁 출가 소녀
수련은 왼손으로 눈물 닦고 오른손으로 가슴 쥐고 엎드려 아뢰
오니

　　〔……〕

　　되오소서 되오소서 피고 지는 좋은 날에 다시 한 번 되오소서
어이어이 바쁜 세월 어언간 소상이라 구곡같이 맺힌 정회 감박
감박 아뢰오니 아룀이 계시거든 흠향 흠향하옵소서 오호 애재
상 향.　　　　　　　　　　——「어린 소녀 왔습니다」 부분

　1)은 서간문체를 차용하여 동기간의 정과 가족간의 친
분을 형상화한다. 전통적 감수성을 지닌 여성의 어조를 빌
려 "봉서" "아녀자" "만강하옵시고" 등의 예스러운 어휘를
구사함으로써, 현대시에서 찾아보기 드물게 곡진한 사연과
정서를 형상화하는 데 성공한다. 더 나아가 2)는 제문(祭
文) 형식을 차용하여 출가한 딸이 아버지의 죽음을 애도하
는 모습을 생생하게 들려준다. "유세차"로 시작하여 "오호
애재 상 향"으로 마무리되는 제문의 형식은 "되오소서|되
오소서|피고 지는|좋은 날에 ‖"에서 잘 나타나듯 4·4조 4
음보의 기본 율격과 그 변형으로 이루어진다. 제문 형식의

시화는 전통적 문학 양식의 현대적 재생과 변용을 통해 우리 고유의 문화를 재창조하려는 박태일의 형식 실험이 얼마나 끈기 있게 지속되고 심화되는지를 여실히 보여주는 것이다. 산문시 형식을 통한 전통 문학의 재생과 변용은 더 나아가 구어체나 사설체를 활용하는 방식으로도 변용되어 나타난다.

1) 이옥기야요 연안 이가 황해도 연백에서 피란 왔지요 여기 와서 기옥이라 올렸지만 호적 이름은 옥기 일흔둘이야요 연백군에서만 팔천 명 배 타고 내려올 때 딸 하나 데리고 여수에 내렸지요 내려와서 아들딸 다섯 둔 홀아비와 등 대고 살려고 그런데 꼬박 오 년을 살고 그 사람이 새 여자를 보아 그저 쫓겨났단 얘기지요 시방 이 마을 저 아래 살고 있어 그 이야긴 더 할 건 없고 아까 뭐 물어본 것 그래 업은 남쪽에선 모시지 않아요
　　　　　　　　　　　　　——「앵두의 이름」 부분

2) 진영 용전에서 더 들어서면 청둥오리탕에 붕어찜이 좋은 주남저수지가 있어 먼 산에 해 떨어지고 찬 바람도 사르르르 철새 본다 분탕치던 사람들 훌쩍 떠나버리면 낚싯줄 봉돌만한 심장이 놀라 덜컥덜컥 길룩길룩 목제비질하던 쇠기러기떼는 그제서야 어두워진 못가로 무슨 빈 봉지같이 떠밀리며 잠드는 것인데 포항 위로 흥해 용전에 영덕 용전 우리나라 용전이란 용전 마을은 예부터 굴뚝 밑에 나물박 좋고 마른논 수렁논 없이 봄물이 쿨렁콸랑 넘치는 부촌으로 그 좋은 연줄 이어 내릴 것으로 귀치 않은 생각머리가 자꾸 돌아가는데 당 따그르르르.
　　　　　　　　　　　　　——「용전 사깃골」 부분

1)은 황해도 연백에서 이남으로 피란 온 할머니 이옥기 씨가 자신의 생애를 다른 사람에게 이야기하는 목소리를 그대로 옮긴 것이다. 이 시는 구어체의 목소리를 생생하게 전달하는 동시에, "피란 왔지요" "일흔둘이야요" "내렸지 요" "얘기지요" "않아요"로 이어지는 '-요'의 반복에 의해 음악적 리듬을 살리고 있다. 그리고 "아까 뭐 물어본 것 그 래"는 이 목소리가 대화 혹은 문답의 맥락에서 형성되고 있음을 암시하면서 현장성을 확보한다.

2)는 용전 사깃골을 찾아가는 여정 속에서 화자의 관찰 과 생각을 사설체로 형상화한다. 산문시 형식의 풀어진 리 듬이 드러나는 듯하지만, "잠드는 것인데"와 "자꾸 돌아가 는데"의 '-데'가 흩어지는 호흡을 매듭 지으면서 음악적 규 칙성을 얻는다. 또한 "덜컥덜컥|길룩길룩|목제비질하던|쇠 기러기떼는‖그제서야|어두워진|"에 이르면 4·4조 4음보 를 기본으로 하는 가사체의 현대적 변용이 이 시의 내부에 숨어 있음을 확인하게 된다.

2

지금까지 고찰한 음악적 리듬 속에서 박태일의 시는 어 떤 내용과 의미를 형상화하고 있는가? 앞에서 인용한 시들 을 중심으로 살펴보더라도, 그것이 이별과 유랑과 상실과 죽음의 비극적 사건을 중심으로 형성되는 고독과 슬픔의 세계라는 것을 알 수 있다.

"월명을 찾아서 월명마을로" 가는 「월명 노래」는 "뒤늦어 님 울음도 묻힌 그 자리/한 무덤에 두 주검 찾는 이 없고//이승 저승 울먹울먹 헛디디면서"에서 '죽음'의 주제로 이어지고, 「황강 4」는 "재개나 내나 한심타/딸 셋에 씨도 못 딴 죽디기" "황강물에 불어 뜬/젖빛 왜가리"에서 자신의 처량한 신세를 황강에 불어 뜬 왜가리에 빗대어 한탄하며, 「어머니와 순애」는 "어디로 떠난다는 것인가 울산/방어진 어느 구들 낮은 주소일까"에서 어린 딸을 타지로 보내는 어머니의 안타까운 심정을 형상화한다. 「광음이 흐르는 물과 같아」는 오라버니에게 보내는 여동생의 편지 속에 "다가오는 청명 한식 아버지 산일 때는 기별 주시오소서"에서처럼 아버지의 죽음에 얽힌 애환이 숨어 있으며, 「어린 소녀 왔습니다」는 아버지를 여읜 딸의 제문 속에서 "슬프다 우리 아바 일생이 서럽도다"와 같은 인생사의 허망함과 서러움이 절절히 묻어난다. 또한 「앵두의 이름」은 이남으로 피란 와서 풍파를 겪은 이옥기 할머니의 담담하고 힘 있는 목소리 이면에 "이산 가족 찾기 할 때면 꼭 이옥기라 적어낼 생각인데"에서 암시되듯 가족과의 가슴 아픈 이별이 숨어 있으며, 「용전 사깃골」은 "용전 마을은 예부터 굴뚝 밑에 〔……〕 넘치는 부촌으로 그 좋은 연줄 이어 내릴 것으로 귀치 않은 생각머리가 자꾸 돌아가는데"에서 보듯, 과거의 풍요와 가치를 상실해버린 지역 공간의 공허함과 쓸쓸함을 은밀히 감추고 있다.

그런데 여기서 우리는 박태일 시에 나타난 이별과 유랑과 상실과 죽음의 사건, 그리고 이 사건을 중심으로 형성되는 고독과 슬픔의 세계가 대부분 어떤 구체적인 공간,

혹은 장소와 결부되어 형상화되고 있다는 사실을 발견하게 된다. 구체적인 지명이나 장소가 제목에 등장하는 「월명 노래」 「황강 4」 「용전 사깃골」뿐만 아니라, 다른 시들에도 공간이나 장소가 내면적으로 설정되어 있다. 「어머니와 순애」에는 고향집에서 울산 방어진 어느 구들 낮은 주소로의 떠나감이 내재되어 있고, 「광음이 흐르는 물과 같아」는 낯선 시집 땅에서 친정 오빠에게 쓴 편지라는 점에서, 「어린 소녀 왔습니다」는 부친상을 당하여 친정으로 와서 제문을 읽고 있다는 점에서, 그리고 「앵두의 이름」에는 고향인 이북에서 이남으로 피란 온 할머니의 실향을 소재로 하고 있다는 점에서 장소의 이동이 내재되어 있는 것이다.

이처럼 거의 대부분의 박태일 시는 장소 혹은 지명이 중요한 모티프로 작용하고 있는데, 황동규는 이 지명이 표면적인 풍경으로가 아니라 실제로 살아 손때 묻은 장소로 나타난다는 점에서 '장소 길들임'이라 명명한 바 있다. 또한 두번째 시집 『가을 악견산』의 해설에서 김주연은, 박태일 시의 공간 문제와 관련하여 전원시적 요소와 농촌시적 요소가 한데 어우러져 두 가지 모두에 싱싱한 의미를 갖게 한다고 지적하였다. 이와 더불어 우리는 박태일 시의 공간, 혹은 지명이 '풍경의 묘사'와 관련되어 있다는 점을 주목해야 할 것이다. 이것은 노래로서의 음악성과 더불어 풍경의 시적 형상화가 박태일 시에서 또 하나의 중요한 시적 기법으로 작용하고 있음을 의미한다. 다음의 시를 살펴보자.

골짝물 얼고 시주 보살 끊기고
수홍루 회승당

짝신 신은 사미마냥
계단계단 올라서는 절집 그림자
극락보전 추녀마루 너머
횅하니 노고단 길 뚫렸으니
올 겨울도 턱받인가

아미타불

내일 아침 또
책상 물린 신중들
헐떡헐떡 구례 장터로 내려가
초발심 몸과 마음
마냥 버리겠고.   ——「천은사」전문

　　제목 '천은사'와 더불어 1연은 "수홍루 회승당"이라는
장소, 혹은 지명을 제시한다. 뒤이어 2연은 풍경의 묘사이
다. 해가 기울어 절집에 그림자가 드리워지는 장면을 "짝
신 신은 사미마냥/계단계단 올라서는 절집 그림자"라고 표
현한 것은 참신하고 절묘하다. 3연의 "아미타불"은 이 풍
경의 묘사에 소리의 음악성을 개입시켜 전체적 분위기와
주제 형성에 기여한다. 그리고 4연은 화자의 생각 혹은 상
상을 제시하면서 마무리하고 있다. 이처럼 '장소 제시—풍
경의 묘사—생각 및 정서의 노출'로 이어지는 시상 전개

방식은 선경후정(先景後情)의 전통적 시 작법을 계승하고 있는 듯하지만, 풍경의 묘사가 단순한 차원이 아니라 '장소'와 '생각 및 정서'라는 두 영역을 연결시켜주는 독특한 시적 방법론을 내포하고 있다는 점에서 주목할 만하다. 인용한 시에서 풍경의 묘사가 초점을 맞추고 있는 "그림자"는 이 시의 장소적 배경인 천은사 "수홍루 회승당"이라는 공간에 "초발심 몸과 마음/마냥 버리겠고"라는 안쓰러움과 회한을 드리우게 된다. 앞서 지적한, 이별과 유랑과 상실과 죽음의 비극적 사건을 중심으로 형성되는 고독과 슬픔의 세계도 이러한 '그림자'의 풍경 묘사와 관련되어 있을 것이다. '그림자'의 풍경 묘사는 박태일 시에서 '비'와 '밤'의 이미지를 중심으로 표면화되고 있다.

1) 철 보아 동무 함께 다닐 일이지
   동고비 추윗추윗 해 떨어지면
   홀로 슬프다 춥다
   춥다.   —「정월」부분

2) 창밖 인조 대숲에선 빗발이 글썽거리고
   그녀 낮은 콧등처럼
   그녀 외로움도 저랬을까   —「빗방울을 훑다」부분

3) 옆줄이 길다 곱다 농어
   아가미로 드나들던 밤은 지치고
   지금부터 파도 소리 설레는 아침 물때다

외로움에도 옆줄이 있어

열 다리 오징어와 여덟 다리 문어가

한 수족관에 갇힌 일을 혼자 웃는다

〔……〕

허허바다 멀리 마름질한 위로

치렁출렁 오늘은 비

북쪽 머리 제비갈매기가 앞일 묻는다.

——「후리포」 부분

　　인용한 시에서 공통적으로 발견되는 '비'와 '밤'의 이미지는 시의 배경이 되는 지명, 혹은 장소에 외로움과 추위와 슬픔의 아우라를 부여한다. 그리하여 박태일 시에서 '비'와 '밤'의 이미지를 중심으로 형성되는 풍경의 묘사는 구체적 공간과 고독·슬픔의 정서를 하나로 연결시키면서 우리 시대의 농촌 현실을 적실하게 형상화한다. "개 없는 개 사육장 밭뙈기째 마른 대파/아이 끊긴 폐교의 지붕이 빨갛다"(「신호리 겨울」), "죄 떠난 탓이다 부산에서/간이 망가져 들어온 중늙은이"(「우포」)에서 사람들이 도시로 떠나버려 공허해진 우리 시대의 농촌 현실을 묘사하며, "배롱꽃 허파꽈리는 납덩이다/사람 끊긴 장터 이남횟집"(「적교에서」), "쓰레기 태우는 연기가 하늘 이저곳을 그을린다 내버린 상갓집 이부자리 같다"(「양산천」), "또 한 사람 농약을 마셨는지"(「황강 3」) 등에서 훼손된 농촌과 그 속에서 고통받는 주민들의 삶을 적나라하게 묘사한다. 박태일 시가 보여주는 고독과 슬픔의 세계는 이러한 우리 시대의 농촌 현실과 무관하지 않을 것이다. 더 나아가 박태일 시의 중요한 모티프인 '장소'와 그것에 깃든 '고독과 슬픔'의 비극성은 세 가지 차원의 층위를 포함하고 있다. 그것은 과거의 전통적 가치를 상실하고 있다는 차원에서 역사적 층위와, 우리 시대 농촌의 비극적 현실이라는 차원에서 사회적 층위와, 이별과 죽음의 운명에서 벗어날 수 없다는 차원에서 인간의 실존적 층위이다.

3

박태일은 역사적, 사회적, 실존적 차원의 공간 및 그 비극성을 형상화하는 동시에 그것에 맞서는 시적 추구의 방식을 동시에 보여준다. 그 첫번째 방식은 앞서 지적한, 리듬과 운율을 통한 노래의 방식이다. 노래는 그 자체로 우리의 호흡이며 맥박이다. 생명의 율동인 이 노래를 통해 시인은 고독과 슬픔의 세계를 견디며 이겨내려 하는 것이다. 그런데 박태일의 시에는 노래가 지닌 리듬과 운율 이외에도 음악을 생성시키는 요소가 있어 주목을 요한다. "돌돌 돌길 따라 언덕 위로 올라서면"(「신행」), "누비질 구름은 구금실 굼실"(「황강 16」), "포족족 포족족" "지리지리 종지리" "무량무량"(「풀나라 기별」), "당기둥 당기둥당" "삐이빠아 빠" "울불구불"(「월명 옛 고을에 들다」) 등에 나타나는 의성어 및 의태어 역시 음악적 리듬을 형성하며 고독과 슬픔의 아우라를 뛰어넘는 흥겨운 율동을 만들어낸다. 이 자연의 소리들이 의미하는 바는 무엇일까? 노래는 인간이 만들어내는 것이지만 소리는 자연이 생성시키는 것이다. 박태일 시에서 노래가 지닌 리듬과 운율이 차츰 새소리, 구름 소리, 돌 소리, 길 소리 등 자연의 소리와 결부되는 방식으로 전개되는 양상은, 시인이 공간에 깃든 비극성을 극복하기 위해서 자아의 주인 됨을 벗어나려고 시도하는 데서 기인하는 것으로 보인다.

고독과 슬픔의 세계에 맞서는 두번째 방식은 공간과 정서의 두 영역을 연결시키는 풍경의 묘사인데, 이때 풍경의 묘사는 '비'나 '밤'의 이미지와 대비되는 '햇살'의 이미지를 중심으로 이루어진다. 다음의 시를 보자.

> 갯쑥이 웃자란 모래 두둑을 따라
> 길은 산뿌리까지 가서 끝을 둘로 갈랐다
> 말똥게 구멍이 머금은 건 날물인가
> 굴 껍질에 올라앉은 볕살이 희다
>
> 보리누름 자란바다 감싱이 들고
>
> 푸른빛 단청 하늘엔
> 상날상날 배추나비
>
> 배 끊긴 솔섬에선
> 때 아닌 울닭 소리.　　　　　　　——「솔섬」 전문

이 시는 전체적으로 제목과 1연에 장소를 제시하고, 2연

128

이후에서 풍경을 묘사한다. 이 풍경의 묘사에서 눈에 띄는 것은 시각적 이미지와 청각적 이미지의 결합으로 형성되는 밝고 청량한 분위기이다. 2연의 "보리누름 자란바다 감성이 들고"에는 누렇게 익는 보리와 검푸른 바다의 색채 대비가 선명하며, 3연의 "푸른빛 단청 하늘엔/상날상날 배추나비"는 푸른 하늘과 흰 배추나비의 색채 조화가 신선한 감각을 형성한다. 여기서 "상날상날"의 의태어는 ㅅ의 날카로운 음운과 ㄴ, ㄹ, ㅇ의 부드러운 음운이 결합되는 동시에 4연의 "때 아닌 울닭 소리"와 함께 어울려 청신한 음악성을 만들어낸다.

이처럼 시각적 이미지와 청각적 이미지가 결합되어 밝고 청량한 분위기를 만들어내는 시적 방식에는 어떤 동인이 작용하고 있을까? 그것은 1연의 말미에 제시되고 있는 "볕살"이다. 1연의 "솔섬"이라는 공간적 배경에 2연 이후의 밝고 경쾌한 이미지를 부여하는 것은 다름 아니라 "굴껍질에 올라앉은" 흰 "볕살"이다. '햇살'은 '밤'과 '비'의 이미지가 지닌 부정적 의미망을 동시에 극복하면서 이별과 유랑과 상실과 죽음으로 점철된 고독과 슬픔의 공간을 희망의 옷으로 갈아입힌다. '햇살'의 빛이 비춰짐으로써 '밤'에 갇히고 '비'에 눅눅해져 가라앉은 비극적 공간은 "보리누름"의 황색과 "푸른빛 단청"과 "배추나비"의 흰색으로 채색되고, 배추나비처럼 "상날상날" 떠오르며 "울닭 소리"로써 생생한 생명력을 회복한다. 이와 더불어 우리는 1연의 자유시 형태가 지닌 내재율이 2연 이후 3음보와 4음보의 정형시의 운율로 전환되고 있음을 발견한다. 결국 이 시는 1연 말미의 "볕살"로 인하여 참신한 감각적 표현이

가능해지는 동시에 음악적 리듬을 획득하면서 고독과 슬픔의 세계를 넘어서는 모습을 보여주는 것이다.

박태일 시에서 신선한 감각적 이미지는 이처럼 '햇살'에 의해 풍경이 노출되었을 때, 그것을 카메라의 눈으로 촬영하고 인화하는 과정에서 생성되는 것이다. 이 '햇살의 광학'은 박태일의 시를 두고 지적되어온 감각적 표현이나 회화적 이미지라는 측면을 더 구체적으로 해명하면서 그 생성 근거를 설명하는 것이 된다. 이번 시집에서 이 '햇살'은 "햇살은 돌길 좇고 돌길은 골짝 좇아/키버들 가지도 우정 어깨를 잡는데"(「장륙사 지나며」), "낮잠 많은 고양이/은빛 먹이 양푼이엔/볕살이 가득"(「가을」), "햇살은 수척한 발목을 녹이며 가라앉고"(「신호리 겨울」), "햇살 바른 어느 굽이에서 밀려왔는지/산뽕나무 한 가족 이른 저녁밥상을 받고"(「적교에서」) 등에서 보듯, 도처에 등장하면서 고독과 슬픔의 세계에 맞서는 '햇살의 광학'을 형성한다.

그런데 여기서 우리는 인용한 구절의 모든 '햇살'들이 단지 관찰의 대상이 아니라 스스로 행동하는 하나의 능동적 주체로서 작용하고 있는 점에 유의해야 한다. 시인이 삶을 영위하며 관찰하는 우리 시대의 공간은 완강한 폐허로 뒤덮여 있기 때문에, 그 고독과 슬픔을 극복하기 위해서는 시인 자신의 힘이 아닌 외부 세계의 구원이 필요하다. 따라서 '햇살'의 구원에 몸을 맡기고 그 광학에 의해 세계의 폐허를 견디고 이겨내려는 시적 방식은 주체로서의 자아를 벗어버리려는 시도와 관련된다는 점에서, 인간적 노래에 자연의 소리를 결합시켜 음악을 만들어내는 시적 방식과 하나로 만나는 것이다. 박태일 시를 근저에서 떠받

치며 사상적 토대를 형성하고 있는 불교적 사유도 이러한 맥락에서 그 생성 근거를 유추할 수 있을 것이다.

> 신중 누이 보아
> 지장지장 비로자나 죄 몰라도
> 내 몸 한 법당 되어
> 절집 되어
> 품어 재우리니
> 업어 재우리니
>
> 팔공산 백홍암
> 다듬돌 안고 조는 괭이와
> 옴실봉실
> 봄맞이꽃.　　　　　　　　　——「봄맞이꽃」전문

　이 시의 구조는 '공간 제시—풍경 묘사—생각 및 정서 노출'이라는 박태일의 전형적인 시상 전개가 전도되어 있다. 2연의 "팔공산 백홍암"이 공간의 제시이며, "다듬돌 안고 조는 괭이와/옴실봉실/봄맞이꽃"이 풍경의 묘사이다. 이 풍경 속에는 표면화되지는 않았지만 '햇살'이 스며들어 있다. 이 '햇살의 광학'을 통과한 시적 화자의 생각과 정서가 1연에서 제시된다. "내 몸 한 법당 되어/절집 되어/품어 재우리니/업어 재우리니"는 이 시에 나타난 화자의 사유뿐 아니라 시집 전체가 지향하는 주제를 수렴하고 있다.
　박태일은 이별과 유랑과 상실과 죽음으로 인해 고독과 슬픔에 빠진 현실의 공간에서 그것에 맞서며 그것을 극복하기 위해 '소리의 음악'과 '햇살의 광학'을 추구한다. 이 시적 방법론은 주체로서의 자아를 벗어나려는 태도와 긴밀히 결부되어 있다. 따라서 1연의 "내 몸 한 법당 되어/절집 되어"는 자아로부터의 벗어남, 주체로부터의 이탈을 추구하는 박태일의 시적 지향이 불교적 사유와 만나는 지점에서 생성된 표현인 것이다. 주체로서의 자아로부터 벗어날 때 비로소 "품어 재우리니/업어 재우리니"라는 '품음'이 가능해진다. 그렇다면 시인이 주체로서의 자아를 비워냄으로써 품으려는 대상은 무엇인가? 인용한 시에서는 "신중 누이 보아"의 여승이 된 누이로 나타나는데, 이는 가족이라는 개인적 차원에 한정되지 않고 인간의 실존적 차원과 사회적 차원과 역사적 차원을 포함하는 우리 시대 삶의 현실이라고 보아도 무방할 것이다. 그리하여 결국 "지장지장 비로자나 죄 몰라도"에서 보듯, 지장보살이나 비로자나불처럼 부처 없는 이 세계에서 중생을 제도(濟度)하는 모습이야말로 박태일 시의 '소리의 음악'과 '햇살의 광학'이 추구하는 궁극적 목표인 것이다. ▨